Bibliografische Information der Deutschen Nationalbibliothek: Die Deutsche Nationalbibliothek verzeichnet diese Publikation in der Deutschen Nationalbibliografie; detaillierte bibliografische Daten sind im Internet über dnb.d-nb.de abrufbar.

TWENTYSIX – Der Self-Publishing-Verlag
Eine Kooperation zwischen der Verlagsgruppe Random House und BoD – Books on Demand

Herstellung und Verlag:
BoD – Books on Demand, Norderstedt

ISBN: 978-3-7407-0862-7

2. Auflage, Berlin 2016

Copyright © Nadine Koberling, Berlin

nadine koberling

statt.romantik

für danilo

beginn

am horizont schneiden sich die lichter zweier scheinwerfer durch die regenfront. habe keine hoffnung, dass dieses auto mich bemerkt, geschweige denn hier an diesem gottverlassenen ort anhält. ehrlich gesagt, bin ich bereits darauf eingestellt, die nächsten kilometer zu fuß zurückzulegen. doch entgegen meiner erwartung, biegt es in die auffahrt ein und hält ein paar meter von mir entfernt an.

du steigst aus, verschwindest im gebüsch. weise entscheidung, die toiletten hier sind das letzte. dann, kurze zeit später, tauchst du wieder auf. dein blick streift mich und du bleibst stehen, siehst mich an. kann nicht erkennen, ob dein gesicht irgendeine regung zeigt. du stehst einfach da und guckst mich an. und ich? ich schaue zurück. so, als hätten wir alle zeit der welt. so, als wären wir beide jetzt nicht klatschnass. du siehst dich um, ob es außer mir noch etwas zu entdecken gibt. aber da ist nichts.

dein haar, das eben noch leicht gewellt war, klebt dir mittlerweile im gesicht und als du richtung deines autos nickst, springen kleine tröpfchen von deinen haarspitzen, so wie kinder, wenn sie frosch-hüpf-weg spielen. war das eine einladung? du wartest, bis ich mich erhebe, was elend lange dauert, da meine gelenke von der kälte steif sind. fühle mich wie das veraltete modell eines roboters und gehe wie eine holzpuppe auf dich zu. endlich, nach langen minuten, wie mir scheint, bin ich auf deiner höhe. und versinke augenblicklich in diesen kastanienbraunen augen, hinter denen verführend und warnend geheimnisse lodern.

„willst du ein stück mitfahren?"

ich nicke. weil sich mit dir eine tür geöffnet hat, eine tür, die ins unbekannte führt. weiß nicht, wohin sie führt, aber ich weiß sicher, dass ich mit dir überall hingehen werde. ein blick von dir, und ich fühle mich zuhause. angekommen. sehe dich, sehe in deinen augen, dass ich dich schon lange gesucht habe. ich wusste es nicht, bis zu diesem moment. doch jetzt ist alles klar.

du nimmst meinen rucksack und wirfst ihn auf die rückbank, dann steigen wir ein und bevor du den motor startest, zündest du eine zigarette an und hältst sie mir hin. ich öffne den mund einen spalt weit und du platzierst sie zwischen meinen lippen. lächelst. ich lehne mich zurück, ziehe an der kippe und wir fahren los. betrachte dich von der seite, habe so viele fragen, die ich nicht stelle, weil ich die antworten darauf bereits alle kenne.

„wie heißt du?"
„jimmy."

so soll es sein. jimmy.

kapitel 1

ich sehe dein gesicht – deine augen von einer sonnenbrille verborgen – zwei schwarze scheiben wie löcher. saugen alles auf oder alles prallt ab – weiß nicht.

ich kann nicht sagen was du denkst, ob du denkst, ob du siehst, ob du die augen geschlossen hast – dein gesicht ist eine leinwand – leer – jeder kann darin sehen was er will – will sehen, dass du mich liebst, dass du nur mit mir sein willst. für jetzt, hier und für immer.

ich bin gefühlsduselig und du bist schuld – hast mich aufgegabelt und mitgenommen auf diese reise ohne ende – oder doch mit? kann ich nicht sagen, will ich nicht wissen – nichts weiter zählt als das jetzt. kein gestern und erst recht kein morgen – schöne illusion, wie ein warmer mantel um meine schultern gelegt. wenn schon sonst alles nur kalt ist – kalt kalt kalt verdammt!

wir stehen am meer. der kalte wind peitscht uns die nasse luft in die gesichter. wie feuchte tücher, mit denen man uns schlägt – nichts neues. nicht im geringsten so schlimm wie worte, die wir beide schon hören mussten – ich weiß es. ich kenne dich nicht und kenne dich doch – besser als du denkst. weil du bist, wie ich, eine verlorene seele auf der flucht – wohin? wie lange? keine antwort. aber erwartet einer von uns tatsächlich eine?

ich möchte von dieser klippe springen. du würdest mich nicht aufhalten. würdest mir folgen. wer weiß - aber unser trip hat eben erst begonnen. bin zu neugierig, um jetzt schon auszusteigen. abzuspringen – hahaha! welch irre gedankenspielereien hier am ende der welt – oder beginn oder zwischenstopp oder was auch immer. es ist egal, weil du hier bist.

du bist auf der suche nach deinem bruder. einem irren idioten wie du gesagt hast – sind wir nicht alle irre idioten? jeder auf seine art. manche einander ähnlicher als andere, aber trotzdem alle irre – haben auch keine andere wahl. wenn man nicht abspringt bleibt man irre. wenn man noch nicht irre ist, wird man es früher oder später und dann springt man ab. oder man zieht los und trifft an einer versifften tankstelle ein mädchen und nimmt es mit – so ist das nun mal. also machen wir uns endlich auf den weg zu deinem idiotischen bruder, wenn es ihn überhaupt gibt – und wenn nicht, scheiß drauf, der weg lohnt sich allemal.

kapitel 2

wir sitzen in deinem wagen, kriechen die straße entlang, können kaum sehen, weil es regnet – regen oder sintflut? – und orientieren uns an den roten lichtern vor uns. wie ein leuchtturm weisen sie uns den weg und wir folgen gehorsam – was sollten wir auch sonst tun? ohne die beiden lichtpunkte würden wir verloren gehen, verloren in uns selbst, einfach verschwunden.

ich sehe dich an. sehe deinen angestrengten blick, so als könnten deine augen löcher bohren in den blassen brei, der vor uns liegt – das monotone klopfen auf den scheiben und dem dach, das leise quietschen des scheibenwischers und das brummen des motors lullen mich ein wie ein schlaflied – meine lider werden schwer und ich gleite hinaus aus der tristen, trüben, kalten, nassen, grauen, verschwommenen realität, hinein in meine träume. meine welt, nur für mich. keiner kann sie sehen. keiner kann sie mir nehmen. ich bin allein. ich bin allein. ich bin allein. ich bin allein. ich bin ich. ich. ich. ich. ich.

„hey göttin, mach die augen auf." es ist deine stimme, die mich zurückholt. sehe mich um, sehe nichts, endlose wüste. endlos. endlos. nichts. frage mich, ob uns jemand finden würde. hier im nirgendwo. oder ob wir einfach von der oberfläche verschwinden. gelöscht aus der welt. weg.

du streichelst meine wange. meine haut klebrig, vom schweiß, der vom heißen wind getrocknet wurde. frage mich, wie lange ich wohl weg war. mein geist auf reise durch wirre träume. muss pissen. habe durst. hunger. mein kopf tut weh. in meinem schädel hämmert irgendwer. stetig. bam. bam. bam. meine lippen sind spröde, kann nicht sprechen. die zunge klebt am gaumen. atmen tut weh. wie stecknadeln schlucken. meine klamotten kleben am körper. fühle mich elend und gut zugleich. ist das der preis, den ich zahlen muss, um bei dir zu sein? scheiß was drauf. für dich sterbe ich, wenn es sein muss.

„auf der rückbank liegt ne flasche wein." wein? egal. beuge mich über die lehne nach hinten, finde wein und eine halbzerdrückte schachtel kippen. nehme einen großen schluck. süße, warme pisse, aber flüssig. schüttle mich kurz und zünde eine zigarette an, ziehe lang, schließe die augen, kämpfe gegen den brechreiz. klemme dir die kippe zwischen die lippen, sehe fasziniert zu, wie der qualm in dir verschwindet, wieder rauskommt und in schmalen schwaden aus dem fenster flieht. auf nimmer wiedersehen. au revoir. du siehst mich an – glaube ich – lächelst und küsst meine schulter. deine lippen sind kühl. möchte sie überall haben. gleichzeitig. wo zum henker sind wir? du erzählst was von einem kumpel, der in der nähe wohnt. in der nähe? hier ist nichts, außer ameisen und halbvertrocknetes gras.

dreißig minuten später kann auch ich das haus am horizont sehen. und das meer. woher kommt das plötzlich?

atme tief ein, spüre den salzgeschmack in meinem mund, rieche das wasser. in gedanken bin ich tief versunken im ozean. treibe dahin.

bin frei.

kapitel 3

ich sitze auf einem alten stuhl, dessen holz von der sonne ausgedörrt, vom regen spröde ist. ich trage ein cremefarbenes kleid, mit einem rock, der schwingt, wenn man sich nur schnell genug dreht. wie ein ballkleid. wie eine prinzessin sehe ich darin aus.

meine mutter hat dieses kleid genäht. wie sie so oft in unzählbaren nächten kleider nähte. spät, wenn ich bereits tief und fest schlief. nachts war ihre zeit. dann erledigte sie den haushalt, reparierte sachen, wusch, bügelte und nähte. tagsüber saß sie neben mir, beobachtete, was ich tat. egal, ob ich gerade ein bild malte oder meine puppe fütterte. dann hatte sie diesen ausdruck vollkommenen glücks in ihren augen. und dieses selige lächeln, das ich nie vergessen werde.

vor mir auf dem tisch liegt ein blatt papier, darauf eine zeichnung. von meiner mutter. ich habe so viele bilder von ihr in meinem kopf, dass ich millionen weitere blätter füllen könnte, ohne auch nur ein einziges zu wiederholen.

aufgeregt laufe ich ins haus, die treppe hinauf in das zimmer meines vaters. er nennt es sein arbeitszimmer, ich nenne es sein exil. seit meine mutter gestorben ist, verbringt er fast jede minute dort oben. die jalousien herunter gelassen, die luft stickig, verbraucht. es riecht nach trauer. nach verzweiflung. nach hoffnungslosigkeit. ich fühle mich nicht wohl in diesem raum. er erdrückt mich. er erdrückt meinen vater. dieses zimmer frisst das ganze haus allmählich auf. eines tages wird es einfach verschwinden.

er sitzt an seinem schreibtisch. so, als wäre er mit etwas sehr wichtigem beschäftigt. doch über all den sachen liegt eine dicke staubschicht. er hat das alles seit monaten nicht mehr berührt. hütet jedes staubkorn wie einen schatz. der moment eingefroren, so als könne er dadurch das schicksal aufhalten. indem er sich an der vergangenheit festhält.

mit seinen augen, deren weiß schon lange nur noch rot vom weinen und von schlaflosigkeit ist, sieht er zu mir. ich habe das gefühl, er zuckt bei meinem anblick zusammen. so, als wäre er ein tier, von einer peitsche getroffen. und es tut mir weh. ich füge meinem vater schmerzen zu. ich.

sein blick fällt auf mein bild und sein gesicht spannt sich an. verändert sich. eine maske des hasses. mit einem ruck entreißt er mir das papier, zerreißt es, in tausend stücke, die wie daunen durch die luft wirbeln. ich schreie ihn an, verzweifelt, werfe mich an ihn, umklammere seine arme, so als gäbe es noch etwas zu retten.

doch er stößt mich zurück. für ihn nur eine beiläufige armbewegung, doch in seiner wut so kraftvoll, dass ich zurückgeworfen werde, gegen die wand pralle, zusammenfalle. ich hocke auf dem boden, weine, weine so sehr, dass der rotz meinen rachen hinabläuft. ich muss würgen, habe das gefühl zu ersticken. kriege keine luft mehr. ich schlage um mich, fasse nach allem, was in meiner nähe ist. brauche halt. warum hält mich niemand? die welt vor meinen augen verschwimmt. ein schatten kommt auf mich zu. zwei starke hände packen mich. so fest, dass es brennt. so fest, dass ich glaube, knochen brechen zu hören. er trägt mich fort, ich bin orientierungslos. höre nichts. sehe nichts. Nichts.

mein vater trägt mich ins bad, unter der dusche lässt er mich los und ich sacke hart auf den kalten boden. höre wasser rauschen. spüre, wie eiskaltes wasser über meinen körper läuft. höre, dass sich die tür schließt.

ich bin allein. in die ecke gekauert. meine stirn gegen die weißen fliesen gedrückt. langsam löst sich der knoten in meinem hals und frische luft bahnt sich ihren weg in meine lungen. schneidend kühl. auf meinen armen tiefe kratzer, stechend rot inmitten dieser blendend hellen hölle.

durch mein gehirn zucken blitzartig die letzten minuten. augenblicke. mein vater, der einen teil von mir zerreißt. einfach einen winzigen teil meines lebens auslöscht. so, wie man lästige fliegen mit der zeitung erschlägt. oder einen krümel vom ärmel wischt. etwas unbedeutendes beseitigt.

unbedeutend.

kapitel 4

dein kumpel sieht aus wie ein heruntergekommener zuhälter. er sieht mich nicht einfach an, nein, er zieht mich aus. er schält mich wie eine zwiebel. schicht für schicht begutachtet er. wie ein stück fleisch. kotze gleich.

sein arm durchschneidet die luft wie die klinge eines schwertes. war das einladung oder drohung? ohne ein wort zu sagen, geht er zurück ins haus. sein linkes bein zieht er hinter sich her, hinterlässt schleifspuren im honigfarbenen sand. habe keine andere wahl, als ihm und dir zu folgen.

das haus zu betreten, fühlt sich an, wie gegen eine wand zu laufen. eine wand errichtet aus kalter asche, zigaretten- qualm, verschüttetem wein und den ausdünstungen einer ganzen armee von junkies. im haus ist es dunkel, stoße immer wieder gegen irgendwas, kisten, flaschen, beine, oder so. will es auch gar nicht wissen. in einem raum im hinteren teil des hauses läuft ein fernseher, rauschen dringt zu uns vor. niemanden stört, dass das programm, das ursprünglich mal lief, wahrscheinlich schon seit stunden vorbei ist.

wir betreten die küche, in deren mitte ein kleiner tisch steht, an dem ein blasser dürrer freak gerade wie ein besessener an einem joint dreht. ich meine, das ist nur ein joint, nicht der verdammte heilige gral. du reichst mir ein bier aus dem kühlschrank, das ich mit einem schluck gierig, durstig, bis zur hälfte austrinke. dann nimmst du dir den joint, zündest ihn in einer feierlichen, anmutigen geste an und ziehst daran. die zeit steht still. deine augen geschlossen, atmest nicht aus, nicht ein. wie friedlich du aussiehst. dein haar umspielt dein gesicht und die sonne kämpft sich ihren weg zwischen alten, fettigen jalousien hindurch auf deine ebene haut. wie ein gemälde von raffael siehst du in diesem moment aus. ich sauge dieses gefühl, diese sekunden, in mich auf, um davon zu zehren, mein leben lang. langsam atmest du aus und es klingt wie ein sanfter wind an einem lauen herbstabend, hoch oben in den ahornbäumen. ein lächeln umspielt deinen mund, als du an mich weiterreichst.

ich habe geirrt. das ist der verdammte heilige gral. heiliger als heilig. ich sitze in den ästen eines ahornbaumes und du bist der wind. du nimmst mich mit über die orange-roten weizenfelder, der untergehenden sonne entgegen. schießen zu den wolken empor und tauchen im sturzflug ins eisblaue meer. ich falle, falle, falle tiefer und tiefer in dich hinein. versinke in deiner seele, brenne in deinem feuer und werde wiedergeboren in deinem geist. um mich wie phoenix aufs neue in die flammen zu stürzen, die verderben und erfüllung zugleich sind.

kapitel 5

haben beschlossen, eine weile bei deinem kumpel zu bleiben.

und so vertreiben wir uns unsere zeit indem wir nichts tun, außer in den fernseher zu starren, schweigend, und zu schwitzen. und im hintergrund durch das fenster höre ich immerzu das meer. euch beiden scheint das total egal zu sein. es macht keinen unterschied, ob das haus deines kumpels inmitten von wolkenkratzern oder hier am strand steht. die luft im haus steht, immer, ob es nun tag oder nacht ist, ob einer von uns mal daran denkt, das fenster zu öffnen oder nicht. wie watte, mit der diese mauern von innen vollgestopft sind.

dein kumpel ist mir suspekt. wenn er mich ansieht, weiß ich nicht, was er will.

kann nur hoffen, dass du mich mitnimmst, wenn du gehst. sein gesicht ist irgendwie asymmetrisch, sein rechtes auge kleiner als das andere und eine art schleier, irgendwas trübes, liegt darüber. vielleicht ist er so seltsam wegen des auges, vielleicht ist das auge auch so, weil er seltsam ist. seine fingerspitzen sind rot, wahrscheinlich kaut er an seinen nägeln, oder an der haut. er widert mich an. ich kann nicht verstehen, was euch beide miteinander verbindet. außer den drogen. irgendwas ist zwischen euch, ihr versteht euch ohne worte. wie ein kubrik-film. völlig absurd, steige da nicht durch. sitze nur in meinem sessel und sehe euch zu.

als ich aufwache, dämmert es draußen gerade. ich stehe auf und verlasse leise das haus. ich muss auf dem sofa eingeschlafen sein, denn ich bin allein. von euch keine spur. wahrscheinlich schlaft ihr oben.

die kalte nachtluft ist wie eine wand gegen die ich laufe. mein ganzer körper ist eingepackt in gänsehaut. ein paar schritte nur, dann bin ich am strand, nur wenige meter vom ozean entfernt. rieche die frische luft, die von weit her zu mir kommt. woher wohl? so viele fragen. wie klein ich mich fühle.

am horizont taucht langsam die sonne aus dem wasser, rot. ihr licht bricht sich in den tausenden von kleinen wellen, färbt das anthrazit der letzten nacht. die wärme, die sie aussendet, tastet sich nur zögernd voran. so, als traue sie dem beginn des neuen tages noch nicht. halte die luft an. das leise geräusch meines atems könnte sie aufschrecken, sie könnte zurückweichen. dann bliebe es für immer nacht. höre das rauschen des meeres – in meinen ohren wird es zu einer symphonie.

und während die sonne mittlerweile aus dem ozean gestiegen ist und ihren roten mantel gegen ein leuchtendes gelb-orange getauscht hat, verschwindet auch der letzte rest nacht aus meinen poren. der tag ist noch nicht im haus in meinem rücken angekommen. zwei menschen, schlafend, nicht wissend, was sie verpasst haben.

kapitel 6

wir liegen auf einer wiese und die grashalme kitzeln in meinem ohr. habe die augen geschlossen. höre das monotone brummen der autos, die stinkend ihren weg durch die grauen straßen außerhalb dieses parks verfolgen, tote, willenlose dinger, die keinen sinn erfüllen. nicht für mich. nicht jetzt. höre das zwitschern von vögeln, die sich von einem baum zum nächsten die neuesten ereignisse erzählen. und ich höre deine stimme, tief und warm. in einer buchhandlung hast du dir *der kleine prinz* gekauft und während ich nichts tue als ein- und auszuatmen, liest du mir die geschichte vor. ich wage nicht, die augen zu öffnen. denn wenn ich es tue, dann bist du der kleine prinz und ich weiß, dass du mich schon bald wieder verlässt. dann sitzt du auf deinem kleinen planeten, mit deinem schaf und deiner blume, und ich werde nacht für nacht den himmel anstarren und versuchen, dich zu finden. dafür bin ich nicht bereit. noch nicht. vielleicht niemals.

wenn du so liest, könnte man meinen, es sei deine geschichte. du, der ewig suchende. der hofft, auf dieser welt jemanden zu finden, der ihn versteht. den es immer weiter zieht von einer begegnung zur nächsten. enttäuschung und hoffnung, zwei seiten einer medaille. bin ich der pilot, der, dem du mehr zeit widmest als all den königen, buchhaltern und eitlen? der, dem der abschied von dir am allerschwersten fallen wird? der dich nie vergessen wird, sein leben lang. in dessen gedanken du für immer sein wirst? vielleicht sollte ich auch eine glasglocke besorgen, um dich zu schützen und um mich zu schützen. denn dann könntest du nicht weglaufen. nicht einfach zum himmel steigen und mich allein lassen. allein mit mir.

ich brauche dich, weil ich ohne dich noch immer in meiner kleinen zerbrochenen welt sitzen würde. weil ich noch immer davon laufen würde. vielleicht tue ich das noch, aber mit dir an meiner seite fühlt es sich nicht wie eine flucht an, sondern wie eine reise. ein abenteuer. und wir sind die einzigen beiden personen, die bestimmen, wo es uns hinführt.

kapitel 7

der himmel geht in flammen auf und das meer hinter dir ist wie flüssiges eisen. sehe rauchschwaden aufsteigen und beißende luft bahnt sich ihren weg in meine lungen. brennt. brennt. brennt. und während ich zu asche zerfalle, siehst du mich an und lachst. du spitzt deine lippen und pustest. nur ein zarter windhauch, der mich emporsteigen lässt. du rufst mir zu: „flieg, schönheit. flieg." und ich kreise wie ein wirbelsturm über deinem kopf. jedes teilchen von mir spielt mit deinem haar, neckt, und legt sich auf dir nieder. dein gesicht ist mir entgegengestreckt und ich lege mich wie eine feder sanft auf deine lider. jede pore deiner haut atmet mich ein und ich werde tourist in deinem körper. dein blut ist ein reißender fluss, der mich mit ohrenbetäubendem tosen umfängt. wie auf einer achterbahn geht es auf und ab. in deinem herzen tauche ich auf und bedecke die wände mit leisen versprechungen. ich drehe mich um mich selbst, bis ich das bewusstsein verliere.

beim nächsten augenaufschlag sitze ich auf deiner hand und dein blick hüllt mich ein in warmes gelee. aus deinen augen strahlt die sonne und ich muss blinzeln. ich strecke meine arme aus und dein gesicht kommt näher. dein atem ist wie ein sturm für mich und ich kralle meine finger in die fältchen deiner haut. wie tief sie sind, wenn man so winzig ist wie ich. dann wirfst du mich in die luft und ich bin ein schmetterling. meine flügel schillern türkis, blau, violett. setze mich auf eine kirschblüte und sehe dich unter mir. du sitzt auf einer schaukel und schwingst vor und zurück, immer höher, immer schneller. plötzlich bist du ein kind, ein kleiner junge, vielleicht sechs oder sieben jahre alt. deine mutter ruft dich von der veranda aus zum essen. es gibt schokopudding. sehe die frau, die dort drüben steht, mit einer großen schüssel in der hand. das ist alles nur für dich. und diese frau bin ich. du läufst zu ihr, lachst und springst über die saftig grüne wiese. die holzstufen nach oben knarren leise. dieses haus ist hundert jahre alt. deine arme schlingen sich um die taille deiner mutter und du drückst dein ohr fest an ihre brust, um ihren herzschlag zu hören. sie lacht, so glockenhell, dass ich vor glück in tränen ausbrechen möchte.

und ich breche in tränen aus. weil ich weiß, dass es nur ein traum ist.

kapitel 8

die nacht kommt unerwartet, breitet ihre arme aus und nimmt uns gefangen. wir treiben dahin, durch schwarze ozeane.

bunte neonreklame leuchtet wie sterne. wegweiser einer anderen welt. erleuchtet. die welt ist erleuchtet. wir sind erleuchtet. ich bin high und du bist meine droge.

sehe zu dir. dein lachen, wie ein magnet. kann nicht wegschauen. was interessiert mich das lächeln der mona lisa, wenn ich dein lachen haben kann. du bist echt. muss nur die hand ausstrecken und schon kann ich dich berühren. das paradies.

wir ziehen durch clubs, unzählige. nehme keinen davon wirklich wahr. wie ein film, nur kurze einblenden. dann fast forward und weiter gehts. frage mich, ob ich mich irgendwann daran erinnern werde. oder ob nur eine ahnung bleibt.

dein kumpel zahlt die drinks für uns und wir schütten sie in uns hinein, als gäbe es kein morgen. ihr redet über alte bekannte. es klingt, als wären sie alle tot. und wenn nicht tot, so jedoch verschwunden aus eurer welt. ich sitze neben euch, meine augen, wie finger, tasten den raum ab. fühlen jede unebenheit in den wänden. fühlen die kälte des betons. fühlen das alte, klebrige holz. klebrig von unzähligen drinks, die ausgekippt und nur beiläufig weggewischt wurden.

sehe den rücken eines typen. fett. er schwitzt. unter seinem t-shirt kann ich deutlich den abdruck jedes einzelnen haares ausmachen. erkenne die winzigen schweißperlen in seinem nacken. sein rücken hebt und senkt sich mit jedem atemzug. höre das rasseln seiner lungen, vom teer schwarz gefärbt und verstopft.

mühsam kämpft sich die luft durch die schmalen tunnel, sucht verzweifelt ihren weg in lungenbläschen. ein ungleicher kampf, denn schon wird die nächste kippe angezündet. blauer dunst verfolgt die reine luft, greift nach ihr, zischend, beißend. in meinem kopf sehe ich dämonische fratzen nach weißen jungfrauen packen. höre gelächter, so bitter, dass die angst den körper gefrieren lässt. sehe weiße kleider, in fetzen gerissen. erstickte schreie, die keiner hört. es gibt keine hoffnung. nicht für die jungfrauen. nicht für die lunge dieses typens.

ich wende den blick ab. drehe mich nach rechts. kann es nicht glauben. inmitten dieses tristen, dunklen schuppens hängt unscheinbar neben der tür eine postkarte. so klein, dass ich mich frage, ob irgendjemand sie überhaupt schon mal bemerkt hat. frage mich, wer sie dorthin gehängt hat.

nur mit einem stück klebestreifen ist sie befestigt. so, als hätte es schnell gehen müssen. so, als hätte irgendwer diese karte heimlich dorthin gehängt. eilig, weil es nur eine chance gab. nur eine chance, für dieses winzige stück farbe in einem verlies. muss an all die graffitis denken, die im schutze der nacht auf häuserfassaden gesprüht werden. auf graue mauern. und am nächsten morgen stehen menschen fassungslos davor. fassungslos, weil sie in ihrem grauen leben keine farbe ertragen können. weil es ihre ordnung stört. ihre ordnung. ihre regeln. die sie sich geschaffen haben, wie ein gerüst, das sie vorm fallen bewahrt. warum haben menschen angst vorm fallen?

im grunde ist die postkarte nichts besonderes. ein typisches bild, millionenfach gedruckt. millionenfach verschickt aus fremden ländern. touristen grüßen daheimgebliebene aus ihren pauschalurlauben. ewige wiederholung. leere floskeln. ein strand, sonnenuntergang. eine palme, die sich dem druck des windes widersetzt. der sonne entgegengeneigt. das meer schlägt leichte wellen.

wann gibt es karten mit meeresrauschen zu kaufen? oder mit dem salzigen geruch des ozeans?

ich versinke im rot der untergehenden sonne. die letzten strahlen liebkosen die meeresoberfläche. färben alles rot. rote flüssigkeit. blut. die palme ist nur mehr ein umriss. schwarz. gestochen scharf setzt sie sich vom dahinterliegenden himmel ab. ein scherenschnitt mitten durch die welt. die schwärze klafft wie ein loch. ein schwarzes loch, hungrig, lauernd, saugt es träume aus ahnungslosen köpfen. und alles, was bleibt, ist sehnsucht. die sehnsucht nach verlorenen träumen, die man niemals wiederfindet, weil man vergessen hat, dass man sie einmal besaß.

und mit dem vergessen kommt das grau. ich glaube, menschen haben angst vor farben, weil sie ihnen zeigen, dass etwas in ihrem leben fehlt. vielleicht ahnen sie ja doch, dass das gerüst um sie herum nicht immer da gewesen ist. aber jetzt ist es zu spät. zu spät, das gerüst einzureißen. zu spät, aus dem starren rahmen zu steigen. zu spät, die dämonen zu bekämpfen. zu spät.

ich bin müde. diese welt macht mich müde. wo bist du? jimmy? fühlst du das selbe wie ich? bist du deswegen auf der flucht?

bleibst du niemals stehen, weil du angst hast, deine farben könnten auch plötzlich verschwinden?

hast du angst? jimmy?

kapitel 9

meine augen sind klebrig. vom schlaf. vom schweiß. von schlechten träumen. ich liege einfach nur da. höre auf meinen atem, ruhig. beruhigend. ich atme, also bin ich am leben. die stille der nacht ist erdrückend. wusste nicht, dass stille lauter als schreie gegen trommelfelle hämmert. oder ist es mein herzschlag? dumpf. rhythmisch. ein beat, der in ekstase treibt.

in meinem traum stand ich an einem feuer. ich war ein kind. ich war den flammen so nah, dass ich spüren konnte, wie die hitze meine stirn und wangen ansengt. auf der anderen seite stand ein schamane. er rief mir etwas zu. konnte es nicht verstehen. seine augen durchbohrten mich, sein blick krallte sich fester und fester in meine gedanken.

„spring! spring!" das gesicht des alten mannes schien sich zu verändern. mehr und mehr wurde es zur maske meines vaters. ich erkannte diese tiefe falte auf seiner stirn. diese furche zwischen seinen brauen, wenn er mich ansah. tadelnd. enttäuscht. in meinem kopf hörte ich seine worte, voller verachtung. ein hieb. ein zweiter. unzählige. das kind in mir wollte weinen, stampfen, schreien, weglaufen, schlagen. doch ich stand noch immer am selben fleck. unfähig, mich zu bewegen. unfähig, den blick abzuwenden. dann veränderte sich sein gesicht erneut. es wurde zu deinem. dein haar schimmerte bronzefarben im licht des feuers. deine augen leuchteten orange-rot. flackerten. du strecktest mir die hand entgegen.

„spring. spring." sehnsüchtig war dein blick. dein arm gestreckt, deine schulter gespannt, jeder muskel schien kurz vorm reißen. ich hörte deinen pulsschlag. hörte jeden milliliter blut, der durch dein herz gepumpt wurde. spürte, wie du mich zu dir zogst. – und sprang.

kapitel 10

sind in einem club gelandet, ein kleiner keller. kaum luft zum atmen. enge. die vielen menschen hier machen es auch nicht besser. es war deine idee. „lass uns tanzen gehen, schönheit." schönheit. wenn du das zu mir sagst, kann ich nicht anders als dir zu folgen. du bist aufgedreht. deine augen springen wie pingpongbälle hin und her. wahrscheinlich hast du vorher irgendetwas genommen. oder du lässt dich anstecken, von all den emotionen, die diesen raum füllen. schließe für einen moment meine augen, um nicht umzukippen. habe lange nicht mehr so viele menschen um mich herum gehabt. fast wird es mir zuviel. mein herz klopft bis zum hals, spüre das blut in meiner halsschlagader pulsieren. als ich die augen wieder öffne, bist du weg. abgetaucht zwischen all den körpern.

ich sauge die bilder in mich auf. spinne geschichten, die hinter gesichtern wie fassaden liegen könnten. fremde menschen sprechen miteinander, drehen ihre körper einander zu. ihre wangen leuchten rosig, errötet – alkohol, hitze, verlegenheit, erregung? – sie lächeln, lachen, manche haben grübchen in den wangen, manche kräuseln ihre nasen. sehe finger, die haare hinter die ohren klemmen, die haarspitzen zwirbeln, die köpfe leicht geneigt. zufällige berührungen, hände streifen arme – gänsehaut – schultern lehnen an schultern. die distanz verringert sich auf ein minimum.

die musik ist dröhnend laut, mein herz vibriert. köpfe werden zusammengesteckt, um das gegenüber verstehen zu können. alles hier ist laut. die musik. die offensichtlichkeit der absichten der anwesenden. wie geht es dir? was machst du so? kennst du diesen song? kennen wir uns von irgendwoher? – fremdes haar kitzelt den eigenen hals. man riecht den anderen, bier, zigaretten, duschbad, waschmittel. in der nase werden sie zu einem cocktail, bringen das blut zum kochen. wecken verlangen. aufregend.

ein mädchen. sie sieht aus wie eine junge patti smith. wenn sie lächelt, strahlt der raum. kenne sie nicht. will nicht mit ihr sprechen. möchte sie in meiner erinnerung behalten, so wie jetzt. ohne fehler. perfekt. wie sie tanzt, so anders, so faszinierend. sie ist in gedanken nicht hier, sie ist in der musik. wie die spitzen ihres haares auf und ab wippen. ihre wangen, die im diskolicht glänzen. und ihr lächeln, das ihr ganzes gesicht einnimmt.

in einer ecke sitzt sie, tief in einem sofa versunken. blond. modeltyp. dünn. die knochen an ihren gebeugten knien stechen hervor wie speerspitzen. schwarz umrandete, leere augen. ein blinder spiegel.

sieh was du willst, nur nicht sie. ein schmales rinnsal ihres drinks entkommt ihren lippen, ein kleiner tropfen sammelt sich am kinn. zittert. wann wird er fallen? vielleicht ist es ihre masche. die unnahbare. die verletzte, die enttäuschte. ihre miene verspricht tiefe tragödien. wo ist derjenige, dem sie all ihre geschichten erzählen kann? oder der, der sie für diese nacht alles vergessen lässt?

an der bar stehen drei dünne typen, tragen hosen, die locker an ihren ärschen hängen, obwohl sie schon so atemraubend schmal geschnitten sind. könnte keinen von ihnen von den anderen unterscheiden. sie sehen so gleich aus, mit ihren dunklen, lockigen köpfen, ihren schwarz gerahmten brillen, für die sie als kinder verprügelt worden wären, streberbrillen. vermutlich fensterglas. man sieht sie überall. wann wurde es hip, so zu tun als sei man nerd? sie stehen blass herum, klammern sich an ihren weingläsern fest und werfen ihre blicke gelangweilt in den raum.

ein typ auf der tanzfläche. er tanzt nicht. nicht so, wie die anderen hier, die taktgleich mit den füßen hin und her treten, vielleicht noch ihre hüften bewegen. ungelenkig. wie eine armee aus zinnsoldaten. zick, zack. links rechts links rechts. er jedoch hat die augen geschlossen. mal sieht es aus, als ringe er mit unsichtbaren angreifern. mal, als hätte er sich in einem schweren vorhang verheddert. es gibt kein körperteil an ihm, das nicht in ständiger bewegung ist. aus ihm schreit die verzweiflung, die überschwängliche freude, das große gefühl eines jeden songs. so, als käme jeder davon direkt aus ihm, tief aus seinem bauch. die anderen haben ihm platz gemacht und doch scheint es, als würde kein platz der welt ausreichen für ihn. genervte, amüsierte, fragende blicke prallen ab an der transparenten hülle seiner eigenen welt. ihn kümmert nicht, was andere von ihm denken. denke, er nimmt sie nicht mal wahr. er ist versunken, irgendwo dort, wo sich all die großen songs zu einem universum sammeln. spielerisch greift er die töne auf und leitet sie direkt durch sich hindurch. sein gesicht wirkt so zufrieden. bin neidisch. denn ich klebe weiterhin hier, bleibe hängen an fremden existenzen, meine gedanken kreisen um die anderer. und irgendwo, weit hinten in meinem bewusstsein stehst du, jimmy. ab und zu blitzt dein abbild auf, nur um im nächsten augenblick wieder zu verschwinden. ein versteckspiel. was hast du vor?

kapitel 11

"wenn ich jetzt sterbe, was wirst du tun?"

ich sehe in den klaren sternenhimmel, mein arm berührt deinen. nur ganz leicht. ein kitzeln auf meiner haut. lasse mir zeit, dir zu antworten. immerhin wirst du dann nicht sterben, weil du noch auf meine antwort warten musst. logisch.

"ich werde dich verbrennen."
"hier?"
"hier. und deine asche mitnehmen. überall hin. und überall ein bisschen verstreuen."
"das klingt gut."
"stirbst du jetzt?"
"ich kann nicht sterben. weil ich nicht existiere."
"beruhigend."
"wirst du mich vergessen?"
"niemals."

niemals.

du nimmst meine hand. schließe die augen. wünsche mir, die zeit stünde still. dieser moment für eine ewigkeit. würde die welt jetzt untergehen, es wäre mir scheißegal. weil ich weiß, dass ich nichts verpassen würde. alles, was ich brauche, habe ich genau jetzt. in diesem augenblick. bin ich glücklich? - verdammt ja!

kapitel 12

wir rauschen vorbei an weizenfeldern, die goldgelb in der nachmittagssonne leuchten. ich möchte die arme ausbreiten und mich hineinstürzen. doch die bauern lauern mit finsteren blicken in den schatten, unsichtbar. bereit, uns auf heugabeln aufzuspießen.

doch sie können uns nichts tun. wir sind zwei geister, die kaum mehr als einen schatten hinterlassen bei denen, die uns begegnen. wir sind wie zwei vögel, die hoch oben am himmel schweben. im sturzflug rasen wir dem boden zu, das adrenalin pumpt sich wie wahnsinn durch unseren körper. dann, kurz bevor wir mit einem dumpfen schlag zerschellen, bremsen wir ab und steigen wieder zu den wolken empor. dann lachen wir, wie möwen, die am hafen die fischerboote umkreisen. unsere fische, die wir stehlen, sind augenblicke. wir sind piraten und unsere beute ist wertvoll. und niemand kann sie uns nehmen, es sei denn, er würde uns unsere gehirne nehmen, und mit ihnen unsere erinnerungen, die wie mosaik in unseren köpfen kleben. bunt schillernd, scheinbar zusammenhanglos schreiben sie eine geschichte. unsere geschichte. momentaufnahmen. außer uns kann sie keiner verstehen. nur wir haben den schlüssel, der aus tausend puzzleteilen ein ganzes machen kann.

ich schmecke noch das salz auf meinen lippen, rieche den ozean. die hitze der wüstensonne brennt noch immer auf meiner haut. im rauschen der wellen höre ich deine stimme und im flimmern am horizont sehe ich dein gesicht.

kein mensch wird je am strand stehen und mehr hören als wellenschlagen. weil ihm der schlüssel fehlt. weil du ihm fehlst.

kapitel 13

zünde meine kippe an der flamme einer kerze an. töte ich einen seemann? bin ich nun ein mörder? früher verkauften sie streichhölzer, um geld zum leben zu haben. früher ist lange vorbei. du erzählst mir diese geschichte jedes mal aufs neue. zigarette um zigarette. höre schon gar nicht mehr zu. die worte erreichen mein ohr nicht mehr. nur noch deine stimme, eine melodie, die mich umhüllt wie eine wärmende decke. was gehen mich schon seemänner an? und im grunde sind wir selbst seemänner.

treiben auf unbekannten meeren und werfen ab und zu unsere anker vor häfen, die uns locken. diese häfen mit ihren dunklen bars und feuchten engen zimmern, die nicht mehr zu bieten haben als ein bett, dessen matratze die geheimnisse tausender schicksale birgt.

wir tauchen ein in die leben fremder menschen, die wir für ein paar stunden, eine trunkene nacht, teilen, um bei sonnenaufgang auf unseren weg zurückzukehren. ein weg, der viele andere kreuzt und doch nie einen ein zweites mal.

in unseren köpfen sammeln wir erinnerungen, sequenzen. in unseren köpfen kreieren wir eine neue welt. eine welt, die uns gehört. niemandem gehört. und deshalb frei ist.

wir sind wie schatten, die sich in fremde köpfe schleichen. die nur eine ahnung hinterlassen, ein gefühl, dass etwas war. kein beweis, nur dieses leise kneifen im bauch. das sanfte kribbeln im nacken. wie geister sind wir. körperlose geschöpfe, fliegen von einem ort zum nächsten. wohin der wind uns weht. wohin unsere gedanken uns tragen. oder solange das benzin in deinem tank reicht. um dann irgendwo zu verweilen, bis es uns weiterzieht. weiterweht.

wir sind columbus und magalan. wir sind entdecker. auf der suche. auf der suche nach etwas, wovon wir erst wissen, wenn wir es finden. wenn wir es finden.

vielleicht suchen wir uns selbst. vielleicht tragen wir uns in unserem herzen. hinter dicken mauern. diese welt ist kein ort, der mauern einreißen lässt. nur höher und höher werden sie. stein um stein werden sie dicker, undurchdringlicher, für die ewigkeit.

kapitel 14

wohnen jetzt seit drei tagen bei bekannten von dir. künstler. überall in der wohnung verteilt stehen leinwände mit skurrilen schwarzen grauen weißen flecken. sie nennen es kunst und wenn man nur lang genug darauf starrt, erkennt man tatsächlich irgendwas darin. wie wolkenraten. fühle mich dumm, weil ich damit nicht allzu viel anfangen kann. für mich sind das alles verlaufene farbkleckse.

wir sitzen im wohnzimmer auf sitzkissen, ein sofa oder stühle gibt es hier nicht. uns umgibt ein baldachin aus orangem stoff, ein zelt mitten in einem appartment im zehnten stock. ist das auch kunst? wir trinken wein, der rot ist wie blut und der geruch von ungefähr hundert räucherstäbchen ätzt meine nasen-schleimhaut weg. mir steigen die tränen in die augen. durch einen schleier sehe ich dich, dein gesicht in das warme licht vieler kerzen getaucht. millionen schatten tanzen auf deiner haut. du bist wunderschön. deine bekannte zündet sich einen joint an, zieht daran und es kommt mir vor, als söge sie die ganze welt mit ein. zu den hundert räucherstäbchen gesellt sich der geruch verglühenden dopes. mir wird schwindelig und ich sinke zurück ins kissen. meine gedanken verfangen sich im orangen stoff und werden teil von ihm. unsichtbar schwebe ich nun über uns vieren und beobachte uns. sehe einen frauenkörper, der sich über dich beugt, sehe deine hände auf ihrem rücken. sehe deinen bekannten, der apathisch in die flamme einer kerze schaut. sehe mich, sehe meine augen, die irgendwo in diesem baldachin eine spur von mir zu entdecken suchen.

während deine zunge mit der deiner bekannten ringt, kehre ich in mich zurück.

mir wird heiß und kalt, mein magen dreht sich, als wolle er abheben. der wein kämpft vereint mit den räucherstäbchen gegen meinen körper. ich gebe auf und kapituliere auf den knien über der kloschüssel.

als ich zurück ins zimmer komme, ist es, als wäre ich ein halbes leben weggewesen. von deinen bekannten ist nichts mehr zu sehen. nur du liegst auf dem fußboden, die augen geöffnet, aber dein blick ist leer. ich stelle mich über dich und das kalte wasser tropft von meiner nasenspitze, zerplatzt auf deiner stirn. du siehst zu mir, dein gesicht bleibt ausdruckslos.

kapitel 15

diese stadt ist wie eine hölle, eine von vielen. unzählbar. kräne strecken sich in den himmel, scheinen die wolken aufspießen zu wollen. überall baustellen. überall gerüste, die die gebäude dahinter verhüllen. beton spielt verstecke und unsere blicke verlieren sich im endlosen einerlei. zwischen grauen ungetümen, deren leere fenster schwarz auf uns herunterschauen, schlängeln sich breite straßen. fühle mich hier verlorener als in der wüste. in der wüste ist nichts, damit kann ich leben. weil es so nun mal ist. aber hier, in dieser stadt krallt sich eine ahnung tief in mein herz, schließt ihre hand darum und drückt zu, fester und fester. hier gibt es etwas, aber nicht für uns. nicht für mich. etwas, das sich mir verschließt, mich verstößt. es ist grausamer, von etwas ausgeschlossen zu sein als zu wissen, dass es nichts gibt. ich frage mich, wo die menschen sind. sie haben sich verschanzt in ihren metallenen rüstungen, den autos, oder hinter dicken wänden. kein gesicht zu sehen, alles hier ist tot. nichts menschliches.

du hast hier was zu erledigen. ich habe den versuch schon lange aufgegeben, herauszufinden, was es wohl ist. du bist ein buch mit sieben siegeln. ein paar seiten gibst du mir zu lesen, andere kapitel bleiben für immer verschlossen. wir halten vor einem eigenschaftslosen haus. die fassade ist so nichtssagend, dass ich es nie im leben wieder finden würde. jetzt wirst du aussteigen, in diesem eingang verschwinden und nach dreißig minuten wieder zurückkommen. vielleicht auch erst nach einer stunde. in der zeit werde ich die bürgersteige auf und ab gehen, hin und her. meine füße werden spuren hinterlassen, wie tausende füße schon vor mir es getan haben. man hinterlässt immer eine spur, es liegt nur an den anderen, diese auch sehen zu wollen.

die fahrertür schlägt zu und ich bin allein. habe eigentlich keine lust, den wagen zu verlassen und mich in das trostlose grau, das vor mir liegt, hinter mir liegt, mich von allen seiten umgibt, hinauszutreten. vielleicht verschluckt es auch mich und ich ende grau in einem dieser grauen käfige. nehme mir eine schachtel kippen aus dem handschuhfach und steige aus.

die luft hier draußen ist anders. wie dichter nebel, schwer zu atmen. sehe nach links, nach rechts. es ist alles das selbe. meine schritte setzen sich automatisch, wie ferngesteuert. mein körper funktioniert auch ohne meinen kopf. denn der ist leer, so leer wie alles an diesem ort. frage mich, wer wohl in den häusern lebt. kann mir nicht vorstellen, dass es hier kinder geben soll. und wenn, dann lachen sie nicht. nein, hier lacht niemand. hier lebt man nicht, hier funktioniert man einfach. wie eine spieluhr aufgezogen, erledigt man tag für tag seine pflichten, und abends legt man sich ins bett, schließt die augen und wartet, bis der neue tag beginnt. dieses leben ist wie ein laufrad im hamsterkäfig. man tut und tut und nichts ändert sich. man sieht immer nur die gleichen sprossen des rades, jedes dem anderen gleich. und die kräne ziehen weitere von diesen käfigen hoch, bis erst die ganze stadt, dann die ganze welt voll davon ist. wenn es soweit ist, möchte ich nicht mehr hier sein. ich bin kein menschenfreund, aber es würde mir das herz zerreißen, sie wie zombies zu sehen.

dieser stadtteil zermürbt mich. in meinem bauch breitet sich ein dumpfes drücken aus. habe einen kloß im hals und fühle mich niedergeschlagen wie lange nicht mehr.

muss an meinen vater denken, wie er mir

aus papier kraniche gefaltet hat, sie an weißem nähgarn befestigt hat. sie hängen heute noch im fenster meines alten zimmers. mein zimmer. wie lange ist es her, als ich es das letzte mal sah, das letzte mal als mein zimmer sah. einen ort, der mir gehörte, in dessen wänden sich kinderlachen aus vergangenen tagen festgesetzt hat. auf dessen boden ich gelegen und die decke angestarrt habe. die zimmerdecke, die mein vater blau gestrichen hat und wir gemeinsam haben weiße schäfchenwolken in den himmel getupft. habe noch immer den geruch des rasierwassers in der nase. wenn er es frisch aufgetragen hatte, war es so stark, dass mir die tränen in die augen stiegen. aber am ende des tages war es wie ein geheimnis, das sich hinter einem vorhang verbirgt, der hin und wieder vom wind gelüftet wird.

was er jetzt wohl macht? ob er an mich denkt und sich fragt, was ich tue, wo ich bin? ich würde ihm gern eine karte schreiben, in der steht: mir geht es gut, und du, du komm endlich aus deinem zimmer raus. sperr dich nicht selbst ein. - ich sollte ein foto von hier machen und es ihm schicken. vielleicht versteht er, wie bodenlos traurig es ist, wenn man sich wegsperren lässt. ich weiß nicht. vielleicht schreibe ich ihm auch nicht. aber das foto mache ich trotzdem. es soll mich wie ein mahnmal überall hin begleiten. andere menschen haben ziele, wo sie einmal hin wollen. ich habe ein ziel, wo ich niemals sein will. und das ist hier. und es ist das zimmer meines vaters.

kapitel 16

träume von meiner mutter. bin ein kind, klein, trage ein gelbes kleid. mein vater nennt mich darin zitronenfalter. sein zitronenfalter. bin umgeben von wäscheleinen. es duftet nach frühling und waschmittel. paradies. hinter den reinen, unschuldigen bettlaken steht meine mutter. die sonne wirft ihren schatten auf das blendende weiß. ab und zu blitzt ihre linke hälfte hinter dem stoff hervor. es ist ein bezauberndes schauspiel. bin gebannt, gespannt, wann ich sie das nächste mal sehen werde. sie steht barfuß auf der wiese und ihre helle haut hebt sich ab vom tiefen grün der gräser. zwischen ihren zehen steckt die gelbe blüte einer butterblume. so, als hätte ein maler sie genau dort positioniert. ihre knöchel schimmern sanft im sonnenlicht.

da, ihre schulter! und ihr hals, gestreckt, ihr kopf leicht zur seite geneigt. da ist dieses kleine muttermal, ein winziger dunkler punkt. es macht diesen hals einmalig. es macht diesen hals perfekt. die spitzen ihres dunklen haares tanzen auf ihrer haut, kitzeln, und unweigerlich streiche ich über meinen hals, so als wären es meine haare, nicht ihre. plötzlich ist sie hinter einem bettbezug verschwunden. ich sehe ihre umrisse, sie ist nicht wirklich weg. eine hand greift um den stoff und der schmale ring an ihrem finger funkelt im sonnenlicht. sie verbirgt die hälfte ihres gesichtes und ihre dunklen augen ruhen auf mir. die augen, die ein tiefes meer sind. warm, unendlich wie der weltraum. ich möchte darin verloren gehen, möchte, dass sie mich für immer ansehen. kleine fältchen sammeln sich um diese augen. sie lächelt. nein, meine mutter lächelt nicht, sie strahlt. mit einem einzigen blick erzählt sie mir von der liebe, von der zuneigung und der ergebenheit, die sie mir entgegenbringt. sie hockt sich hin und streckt die arme nach mir aus. lachend laufe ich los, fliege beinah über die wiese und lande in ihren armen, die mich empfangen und mich halten. presse mein gesicht an ihren hals, rieche waschmittel, zitrone und den ihr eigenen geruch, der so subtil ist, dass niemand sonst ihn wahrnimmt. nur ich erkenne ihn unter millionen anderen. meine mutter ist weich und warm. ihr leises lachen hüpft in meinem ohr. meine kleinen hände liegen auf ihrem rücken und heben und senken sich mit jedem atemzug, den sie tut.

was hätte ich dafür gegeben zu wissen, dass sie bald nicht mehr da sein würde. ich hätte sie nie wieder losgelassen und sie mit meinem kindlichen körper vor allem übel der welt geschützt.

kapitel 17

wir sind schiffbrüchige, gestrandet im nirgendwo. wir sind allein, zu zweit allein. seit tagen schon ist es, als sei ich mit einem geist unterwegs. eine halluzination, eine fata morgana. habe ich dich nur erfunden? wer bist du? wer bist du wirklich? noch vor ein paar tagen hätte ich dich ohne zu zögern meinen seelenverwandten genannt. doch jetzt?

du sitzt neben mir und bist doch welten entfernt. dein gesicht ist die mauer, an der ich abpralle. gnadenlos. versuche, in deinen kopf zu schauen, aber das konnte ich noch nie – wer kann das schon – und bei dir ist es aussichtslos, auch nur die kleinste ahnung zu haben, was vielleicht in deinem kopf vorgehen könnte. wenn ich meine, du seist nachdenklich, belehrst du mich fünf minuten später eines besseren und gibst den klassenclown, ohne dich darum zu scheren, was die anderen von dir denken könnten. und wo du eben noch gescherzt hast, verhärtet sich plötzlich deine miene und du drehst dich weg von mir, mit einem ausdruck im gesicht, der fast schon ekel gleicht. ekelst du dich vor mir?

wenn du nachts zu mir kommst, dich zu mir legst und ich mich dir hingebe, wenn du dann einfach, ohne ein wort zu sagen, wieder gehst, fühle ich mich wie eine hure. deine persönliche hure, was das ganze nicht im geringsten besser macht. und ein paar tage später bist du wie ein verliebter junge, du pflückst mir blumen, küsst mich wieder und wieder, hältst meine hand und strahlst mich an, als sei ich dein größter schatz.

dann laufen wir wie kinder durch die straßen, sind albern, du ziehst mich zu dir und wir kommen kaum von der stelle.

was siehst du in mir? wen siehst du in mir? ich frage mich immer wieder, ob du darüber überhaupt nachdenkst. oder ob ich belanglos für dich bin, einfach da, so wie bäume eben da sind, oder dir menschen auf der straße entgegenkommen, vorbeigehen und wieder verschwinden. wenn ich dich zurücklassen würde, wärest du dann traurig? würdest du versuchen, mich umzustimmen? oder wäre es dir einfach egal? ich denke, für dich würde es keinen unterschied machen, ob ich nun da bin oder nicht. ich glaube, menschen bedeuten dir nichts. sie sind einfach da – oder auch nicht. was hast du erlebt, das dich zu dem hat werden lassen, der du jetzt bist? wurdest du verlassen? verletzt? bist du enttäuscht worden? hast du jemals so etwas wie zuneigung empfunden? so sehr, dass du glaubtest, wenn diese person dich verlässt, würde dein herz einfach aufhören zu schlagen, weil es kein leben ohne diese person gibt? hast du das? und hast du feststellen müssen, dass du weiter atmest, weiter siehst, weiter hörst, weiter fühlst, obwohl sie weg ist? dass du atmen musst, dass du jeden tag die unerträgliche stille aushalten musst, diese leere, die dich jeden tag aufs neue fast erdrückt? das herz bleibt nicht einfach stehen, es bricht und bricht weiter und weiter. wie feine risse im porzellan. es geht nicht kaputt, aber es ist auch nicht mehr intakt. und mit jedem mal, das du aufwachst, mit jedem neuen sonnenaufgang tut es weh. ein leben lang, wenn man nicht vergessen kann. du kannst nicht vergessen. ich kann nicht vergessen. und so zerreißen wir innerlich und spielen theater, indem wir vorgeben, dass wir zurecht kommen. wir lächeln, wenn uns zum schreien zumute ist. wir werfen steine ins meer, wenn wir doch lieber in tränen ausbrechen würden. wir suchen nähe, wenn uns unsere dämonen zu nah kommen. und wir fahren von ort zu ort, wo wir doch eigentlich nur nach hause wollen. ein zuhause, das es nicht mehr gibt. das wissen wir, und trotzdem ist unsere fahrt ins unbekannte im grunde nichts anderes als die verzeifelte suche nach dem allzu bekannten. dem gefühl, anzukommen. dem platz, an den man gehört.

ich würde gern dieser platz für dich sein. aber das werde ich dir nicht sagen. weil es sinnlos ist. man kann gefühle nicht herbeizaubern, indem man sie ausspricht. ich könnte dir geschichten erzählen, über die welt, über mich, über dich. und doch wäre es nur schall, der verfliegt, ohne sich in deinem kopf, in deinem bewusstsein festzusetzen. denn die wahrheit, deine wahrheit, ist nur in dir. und dort drin sieht es vermutlich aus wie in einem tiefschwarzen labyrinth. und winzig klein bist du, suchst nach dem weg nach draußen und kannst doch nur scheitern. wir werden scheitern, jeder auf seine art. doch das ist unwichtig. wichtig ist, wie viel zeit uns noch bleibt. oder, ob unsere zeit schon abgelaufen ist und nur keiner von uns beiden die wahrheit sehen will. feige sind wir. oder bequem. macht das einen unterschied?

kapitel 18

seit du letzte nacht diesen anruf bekommen hast, redest du nicht mehr. glaube, du bist in gedanken irgendwo weit weg. jedes wort, das ich an dich richte, verhallt im nichts. unerreichbar. es war dein bruder, der dich anrief, nachdem du ihm immer und immer wieder nachrichten auf seinen anrufbeantworter gesprochen hast.

jetzt ist es soweit, wir sind auf dem weg zu ihm. ist es die angst, die dir die worte nimmt? ist es nicht das, was du wolltest? deinen bruder finden, den irren idioten? mir bleibt nichts anderes übrig, als neben dir im auto zu sitzen und die dörfer und städte an mir vorbeiziehen zu lassen. und über allem hängt ein unbestimmtes gefühl. wie eine dunkle vorahnung, nichts konkretes. sonst könnte man umkehren und so tun als sei alles in ordnung. ich weiß nicht, was mich erwartet. ich weiß nicht, was dich erwartet. ich möchte das lenkrad herumreißen und deinen bruder einfach vergessen. dabei kenne ich ihn noch nicht einmal. er ist ein phantom, das über uns schwebt, und das uns jetzt bedrohlich nahe kommt.

du drückst mir einen zettel in die hand, auf dem eine adresse steht. erkenne deine handschrift. jedes wort, das du schreibst, sieht aus wie flüchtig festgehalten, fast widerstrebend. „ist das die adresse deines bruders?" du sagst nichts. wahrscheinlich heißt das ja. „er wohnt irgendwo in den hügeln, dort oben. siehst du die häuser?" ich sehe durch das fenster und betrachte die dächer und erker der häuser, die zwischen dichten baumwipfeln hervorblitzen. das ist kein ort für irre idioten. diese häuser sehen aus, als kosteten sie das, was andere menschen ihr ganzes leben lang nicht zusammensparen können. ist die adresse wirklich richtig? ich sehe wieder zu dir, doch du bist bereits wieder abgetaucht in deine eigene welt.

langsam schieben wir uns durch die straßen, den hügel hinauf. in jeder einfahrt steht einer von diesen unsagbar teuren geländewagen, die kein mensch in der stadt braucht. alle blank geputzt. alle hinter weiß gestrichenen gartenzäunen. die gärten sind gepflegt, einheitlich. von haus zu haus das gleiche bild. hier und da wird die eintönigkeit durch ein liegengelassenes kinderspielzeug, einen ball, einen roller oder – in einem garten – von einem blauen hemd, das von der wäscheleine gefallen ist, unterbrochen. die meisten fensterbänke sind mit bunten blumenkästen geschmückt, bienen und schmetterlinge fliegen von hier nach da. idyllisch. eine idylle, die trügt und lügt. und mit speeren nach uns wirft.

in der auffahrt deines bruders steht keines dieser auto-monster, sondern ein ganz normaler wagen. trotzdem strahlt dein gesicht abscheu aus, als wir aussteigen. du öffnest das gartentor und ich folge dir. in der mitte des gartens steht ein apfelbaum, an dessen unterem ast eine schaukel angebunden ist. neben den treppenstufen liegt ein kinderfahrrad, in aller eile abgestellt und umgefallen. wir steigen die stufen hinauf und du drückst den klingelknopf. nimmst den finger gar nicht mehr runter und das ringen scheint das ganze haus aufzuschrecken. du hörst erst auf, als die tür geöffnet wirst. uns gegenüber steht ein mann, etwas älter als du, mit deinen augen, deinem mund und doch so anders. er trägt ein helles hemd, dessen ärmel er lässig bis zum ellbogen umgeschlagen hat und eine schwarze hose. möglicherweise hat er auch gewelltes haar wie du, aber er trägt die haare kurz. ein wirbel an seiner stirn gibt seinem seriösen erscheinen einen hauch von der jungenhaftigkeit, die du verkörperst. das hier ist eindeutig dein bruder.

ihr schweigt euch lange an. dann sieht er zu mir und grüßt mich, stellt sich vor und reicht mir die hand. und während ich meine ausstrecke, sagst du: „nein." er sieht dich an. ich sehe dich an. und du? du presst die lippen zusammen, schüttelst den kopf und deine nasenflügel vibrieren. deine augen verwandeln sich in zwei schwarze wirbelstürme.

kann nicht sagen, was du tun wirst. ob du deinen bruder schlagen wirst. ob du schreien wirst. ob du hier und jetzt einfach explodieren wirst. ich traue dir alles zu. doch du sagst, kaum hörbar, mit einem kloß im hals: „verräter!" dann drehst du dich um und gehst. steigst in deinen wagen und fährst mit quietschenden reifen los. dann bist du weg und lässt uns ratlos zurück.

es tut mir leid für deinen bruder. ich habe nicht mit ihm gesprochen. habe mich nur entschuldigt, schief gelächelt. was sollte ich tun? aus dem inneren des hauses drang helles kinderlachen. er hat mir angeboten, mich zu unserem hostel zu fahren, doch ich habe abgelehnt. es fühlte sich dir gegenüber nicht richtig an.

als ich das zimmer betrete, stunden später, weil ich mich natürlich verlaufen habe, stehst du am fenster und kämpfst mit deinen dämonen. lege mich ins bett und gebe vor zu schlafen. ich habe nicht die kraft, dich, jimmy, in dir selbst zu suchen. frage mich, wann wir uns verloren haben. wann aus verbündeten zwei fremde wurden, die nur noch vorgeben, verbündete zu sein. ich bin müde, jimmy.

beginne zu träumen, als du dich zu mir legst. deine hände tasten nach mir, verzweifelt. du suchst halt. wie ein ertrinkender klammerst du dich an mich und ich versuche, dich aus deiner dunklen welt zu ziehen. versuche, dir mit küssen kraft zu geben. kämpfe. kämpfe. für dich. für mich. deine haut fühlt sich an wie seidenpapier, habe angst, dich zu zerreißen. unsere blicke verweben sich zu einem dichten netz, machen uns selbst zu gefangenen. dein körper ist überall, umgibt mich, durchdringt mich.

ich verliere mich in dir, gehe unter in dir. meine lungen atmen dich ein, wir werden eins, und ich schmecke den bitteren geschmack der endlichkeit.

kapitel 19

sehe dich von der seite an, wie du versunken auf deinem handy herumtippst. es ist mir egal, wem du schreibst. wirklich. in meinem kopf kreist nur ein gedanke: weißt du, wer ich bin? du stellst mir keine fragen und eigentlich ist mir das recht so. vielleicht merkst du das, vielleicht ist es dir auch einfach nur egal, wer ich bin.

seit tagen leben wir so daher. ziehen herum. ich schnorre uns zigaretten, du besorgst uns schlafplätze, manchmal auch jemanden, der uns ein paar drinks in irgendeinem dubiosen schuppen spendiert. seit tagen haben wir kaum ein wort gewechselt. das ist nicht dieses einvernehmliche schweigen, das uns durch das land begleitet hat. nein, das ist schlichtweg resignation. weiß nicht, was du von mir erwartest. ob du überhaupt erwartungen an mich hast, oder ich dir schon längst lästig geworden bin.

mit den orten, die an uns vorbeiziehen, nähern wir uns unaufhaltsam unserer endstation: realität. ich kann mit dir darüber nicht sprechen, weil ich mir selbst albern vorkomme. spießig. so, als würde ich mit den mündern derer sprechen, die wir aus unseren leben gestrichen haben.

ich sehne mich nach einem bett, in das ich jede nacht zurückkehren kann. nach einem ort, der mir gehört. der meine handschrift trägt. keine anonymen spelunken, hotelzimmer oder leere gesichter, die uns begegnen und, noch bevor man sich einzelheiten einprägen könnte, wieder verschwinden.

kapitel 20

du sagst, du müsstest für ein paar tage weg. dinge erledigen. frage dich, ob du wiederkommst und du siehst mich an, als hätte ich dich gefragt, ob das wasser nass sei. „natürlich", sagst du. du packst eilig ein paar deiner klamotten in eine kleine blaue reisetasche woher kommt die plötzlich? dann küsst du meine wange, so wie man eine ungeliebte tante zum abschied küsst, weil man weiß, dass sonst die geldüberweisungen an geburtstagen und weihnachtsfesten ausbleiben würden. es fühlt sich an, als hätte ich dich verletzt. die tür fällt hinter dir ins schloss. du hast dich nicht einmal nach mir umgesehen.

ich setze mich aufs bett und starre die tür an, so als könne ich durch sie hindurch noch einen blick auf deinen rücken erhaschen. sehen, ob du nicht doch noch einmal zurück blickst. du hast gesagt, du kommst wieder. aber wohin gehst du? wie lange bleibst du? es ist nicht fair, dass du mich hier zurücklässt, dumm, mit keiner anderen möglichkeit als zu warten.

warte. warte stundenlang und durchbohre das bild, das mir gegenüber an der wand hängt, mit meinen blicken. eine karge landschaft, mit ein paar vereinzelten grasbüscheln hier und da. sonst gibt es nur steine, sand und staub. und einen strahlend blauen himmel, an dem in großer entfernung ein flugzeug fliegt. es ist kaum mehr als ein kleiner punkt, der das sonnenlicht reflektiert und wirkt, wie ein stern, der sich in dieses foto verirrt hat. im vordergrund steht ein cowboy neben seinem pferd. seine kleider sind abgenutzt, staubig, ein bisschen heruntergekommen, dafür aber ist seine gürtelschnalle blitzblank poliert. er hält die zügel in der hand und lächelt stolz aus seinem sonnengegerbten gesicht. tiefe falten umspielen seine augen. dabei ist er gar nicht so alt, schätze ich. vielleicht anfang vierzig. das pferd neben ihm blickt müde aus großen braunen augen in die kamera. ich habe keine ahnung, wer das bild dort aufgehängt hat, es ist wie ein fremdkörper in diesem raum. oder bin ich der fremdkörper?

wenn ich aus dem fenster sehe, breitet sich vor mir ein meer von häuserdächern aus. anonym. fremd. irgendwo dort im labyrinth der straßen bist du und folgst einem nur dir bekannten weg. am himmel schwebt ein flugzeug. wer mag da drin sitzen? wohin fliegen sie? woher kommen sie? wenn sie am flughafen ankommen, wird dort jemand sein, der sie erwartet? vielleicht mit einem blumenstrauß? werden sie sich in die arme fallen, sich halten, so als gelte es, den anderen nie wieder loszulassen? wie fühlt es sich an, wenn man erwartet wird? wenn blicke ungeduldig durch den raum springen, augenpaare auf eine tür gerichtet, eine besondere, die jeden augenblick aufgehen muss. wie mag es sich anfühlen, wenn man heraustritt aus dieser tür und einem ein schwall gefühle entgegenschlägt? wenn die eigene anwesenheit ein strahlen auf das gesicht des anderen zaubert. wenn diese person glücklich ist, einfach, weil man durch die tür gekommen ist?

ich weiß es nicht. mit dir bin ich diejenige, die erwartungsvoll am flughafen steht, stundenlang, tagelang. ich bin die, die den blumenstrauß trägt, die von der tür zur uhr und wieder zur tür schaut.

es ist kurz vor zwei uhr am nachmittag. es ist nicht wichtig, wie spät es ist. es ist nicht wichtig, ob es stunden oder tage dauert, bis du durch diese tür trittst. denn ich werde nicht da sein.

ich habe noch keine ahnung, wohin ich gehen werde. es ist auch egal. vielleicht in eine größere stadt, vielleicht nach nirgendwo. ich hoffe, du bist nicht zu enttäuscht, wenn du dieses zimmer leer vorfindest. wenn du überhaupt zurück kommst. muss an den kleinen prinzen denken. da fragt sich der pilot auch sein leben lang, ob das schaf die blume nun gefressen hat oder nicht.

und ich werde mich für immer fragen, ob du zurückgekehrt bist oder nicht.

kapitel 21

6 monate sind vergangen. 6 monate. ein halbes jahr, in dem ich nichts von dir gehört habe. sitze oft auf dem winzigen balkon meiner wohnung. wenn man das wohnung nennen kann. ein dunkles loch im erdgeschoss eines hinterhauses. ein zimmer, eine matratze, ein plattenspieler, ein paar kleinigkeiten. eine zur küche umgebaute abstellkammer und ein bad, so klein, dass man duschen und pinkeln gleichzeitig könnte.

es ist nicht schön. es ist nichts für immer. aber es ist meins. mein kleines eiland in dieser stadt. vollgestopft mit menschen, die tagein, tagaus, mit blassen, mürrischen gesichtern durch die straßen marschieren, eilig, um bloß nicht zu riskieren, für einen kleinen augenblick mit dem leben eines fremden konfrontiert zu werden. diese stadt ist so anonym, dass niemand seinen direkten nachbarn zu kennen scheint.

in der wohnung neben mir wohnt ein junger mann. du würdest es wahrscheinlich idiotisch finden, dass ich ihn junger mann nenne, nicht typ, kerl oder was weiß ich. aber er ist kein typ, kein kerl – er ist ein mann, kaum älter als ich. ich weiß nicht, ob du ihn mögen würdest, oder ob du ihn auf deine dir eigene raffinierte, als nettigkeit verpackte boshaftigkeit verarschen würdest. im grunde ist mir das auch egal. schließlich bist du nicht hier.

er spielt cello. meistens nachts, weil er tagsüber in einem supermarkt arbeitet. dann liege ich wach, ganz nah an die wand gerückt, an die wand, die unsere wohnungen trennt, und höre mit geschlossenen augen zu. manchmal lege ich meine hand auf den putz. völlig bescheuert, ich weiß. ich bilde mir ein, dass er mit dem rücken zu mir sitzt, dass meine hand darauf ruht und wir etwas haben, das uns verbindet. das uns weniger allein sein lässt. das uns zu gemeinsamen einsamen macht.

ich weiß, dass er einsam ist. ich habe es in seinen augen gesehen. es sind die augen meines vaters, wenn er nachts allein an seinem schreibtisch sitzt. wenn er stundenlang mühselig all die schnipsel meiner bilder zu einem ganzen zusammenfügt. wenn er das ergebnis dann betrachtet. liebend. missend. einsam.

es sind deine augen. in den momenten, in denen du unaufmerksam bist. wenn du für den bruchteil einer sekunde vergisst, wer du bist. wer du sein willst. wenn du in gedanken der kleine junge bist, der vermisst, was er vor langer zeit verloren hat. wenn du verletzlich bist. wenn du einsam bist.

komme gerade aus der buchhandlung, in der ich seit einiger zeit arbeite. um die miete zahlen zu können. um mir essen kaufen zu können. um ein ganz normales leben führen zu können.

sehe eine rote strickmütze sich ihren weg durch die armee aus fußgängern bahnen. wie ein eisbrecher. ich erkenne diese mütze. sie gehört dir. merke, wie mein herz in die luft springt, um im nächsten moment schwer wie ein stein in meinem magen zu landen. das bist nicht du, der die mütze trägt. es ist dein kumpel, der da auf mich zukommt.

"hey. alles klar?" nein, nichts ist klar. ich wollte dich sehen. dich. warum bringt mich diese verdammte mütze so aus der fassung? ich sehe ihn an, zucke nur mit der schulter. geht so. weiß nicht. ja. er mustert mich, ich sehe seine augen hin und her zucken, so als suche er etwas in meinem gesicht. presst seine lippen zusammen bis sie kaum mehr als zwei weiße striche sind. kann es kaum mehr ertragen. was will er?

"weißt du es?" "was soll ich wissen?" was zur hölle soll ich wissen! das blut pulsiert in meiner halsschlagader, in meinen ohren dröhnt ein tosendes rauschen. röte schießt mir in die wangen, mir ist heiß, kalt, übel. ich habe keine ahnung, was ich wissen soll, aber ich habe eine ahnung, dass ich es nicht wissen will.

"er ist tot." er redet weiter. ich sehe seinen mund, der sich öffnet und schließt, wahrscheinlich worte formt. die nicht zu mir dringen. er ist tot. tot. tot. tot. wie ein echo hallt es durch meinen kopf. wenn es kaum mehr hörbar ist, kehrt es wie ein bumerang zurück. laut, hackt wie der propeller eines hubschraubers alles klein, was ihm in den weg kommt. ich stehe nur da. bewegungslos.

kapitel 22

es ist mittwochmorgen, es regnet so, als hätte irgendwer dort oben tausende badewannen gleichzeitig ausgekippt. bin nass bis auf die haut, meine klamotten kleben am körper und sämtliche wärme ist schon vor stunden aus meinem körper entwichen. nicht mal eine kippe kann ich mir anzünden, weil die schachtel vollkommen durchnässt ist. schöne scheiße.

eine raststätte im nirgendwo. der fahrer, des letzten lkws in dem ich mitfahren durfte, schien misstrauisch geworden zu sein und hat mich bei der nächsten gelegenheit, die sich ihm bot, abgesetzt.

die nächste gelegenheit ist das hier. und seit stunden kommt kein einziges auto mehr vorbei. es ist, als hätte sich die welt gegen mich verschworen. als sei hier mein weg schon am ende.

fühle mich innerlich so grau wie die dicken wolken über mir es sind. vielleicht sollte ich auch heulen, das soll ja befreiend sein. und ein paar tropfen mehr fallen nicht ins gewicht. wenn ich wenigstens eine zigarette rauchen könnte.

am horizont schneiden sich die lichter zweier scheinwerfer durch die regenfront. habe keine hoffnung, dass dieses auto mich bemerkt, geschweige denn hier an diesem gottverlassenen ort anhält. ehrlich gesagt, bin ich bereits darauf eingestellt, die nächsten kilometer zu fuß zurückzulegen. doch entgegengesetzt meiner erwartung, biegt es in die auffahrt ein und hält ein paar meter von mir entfernt an. du steigst aus, verschwindest im gebüsch. weise entscheidung, die toiletten hier sind das letzte. dann, kurze zeit später, tauchst du wieder auf. dein blick streift mich und du bleibst stehen, siehst mich an. kann nicht erkennen, ob dein gesicht irgendeine regung zeigt. du stehst einfach da und guckst mich an. und ich? ich schaue zurück. so, als hätten wir alle zeit der welt. so, als wäre jetzt nicht nur ich, sondern auch du, klatschnass. du siehst dich um, ob es außer mir noch etwas zu entdecken gibt. aber da ist nichts. dein haar, das eben noch leicht gewellt war, klebt dir mittlerweile im gesicht und als du richtung deines autos nickst, springen kleine tröpfchen von deinen haarspitzen, so wie kinder, wenn sie frosch-hüpf-weg spielen. war das eine einladung? du wartest, bis ich mich erhebe, was elend lange dauert, da meine gelenke von der kälte steif sind. fühle mich wie das veraltete modell eines roboters und gehe wie eine holzpuppe auf dich zu. endlich, nach langen minuten wie mir scheint, bin ich auf deiner höhe. und versinke augenblicklich in diesen kastanienbraunen augen, hinter denen verführend und warnend geheimnisse lodern. „willst du ein stück mitfahren?"

ich streiche dir eine strähne deines haares aus dem gesicht und schüttle meinen kopf. verstehe nicht, warum. denn alles in mir drängt danach in deinen wagen zu steigen. ins trockene, ins warme. ich weiß, dass auf dem rücksitz eine stange zigaretten liegt. trocken. ich weiß, dass du mir eine zigarette anzünden und sie mir sanft zwischen die lippen klemmen wirst. ich weiß, dass in deinem autoradio david bowie, heroes, laufen wird, und dass auf dem armaturenbrett ein weißes kaninchen festgeklebt sein wird, das mit dem kopf wackelt und wenn man es zu lange betrachtet, wird man paranoid und sucht den rest seines lebens nach dem weißen hasen, dem man folgen kann. ich weiß alles, in diesem moment kann ich die zukunft sehen.

du zuckst mit der schulter, sagst: „na

dann." und ich flüstere: „auf wiedersehen." ich sehe dir nach, wie du wieder einsteigst, höre den motor anspringen und fühle, dass es kein wiedersehen geben wird.

diese reise machst du allein.

abschied

ich stehe hier im regen. allein. der boden aufgeweicht, nur braune brühe, in der meine stiefel langsam versinken.

vor mir, eingebettet in blumen, deren blüten, schlapp und faulig, ihre letzten kräfte vor langer zeit verbraucht haben, liegt ein grauer stein. glatt poliert. buchstaben eingraviert, deren bedeutung sich mir nicht erschließt. weil mein geist ihren sinn nicht greifen kann. ich kann nicht begreifen.

zu absurd, was diese wenigen wörter mir sagen wollen. wörter. ein name steht da. und zwei daten. und das soll es nun sein. die wahrheit in stein gemeißelt. die wahrheit, so ernüchternd, schlägt mir ins gesicht. hart.

ich fühle, wie mein herz zerspringt, spüre tausend scherben, die meinen körper von innen aufreißen. jeder schnitt, ein schnitt durch meine erinnerungen. erinnerungen an dich. an meine illusion, die ich von dir hatte.

ich kann nicht glauben, dass dies hier dein grab sein soll. lese wieder und wieder die inschrift auf deinem grabstein. ein fremder name. nicht deiner. du hast diesen hier abgelegt, weil du nicht dieser hier warst. es ist nicht fair, dass man ihn dir nun zurück gab. es ist alles nicht fair. nicht fair.

ich spüre, wie heiße tränen meine wangen hinunter laufen. in meinen mundwinkeln sammeln sich kleine salzige seen. ich möchte schreien. für dich. weil du es nicht mehr kannst. doch alles in mir ist verknotet. meine stimme ist nicht mehr als ein leises wimmern. ganz tief in mir versunken. zu tief, unerreichbar. was bleibt mir noch? ich stehe hier, in dieser fremden stadt. nur ein winziges atom auf diesem planeten. staub, der darauf wartet, vom wind davon getragen zu werden. woran soll ich mich halten, wenn alles, was ich hatte, nicht mehr ist. nie existierte.

und mein kopf ist voller erinnerungen an… nichts.

nichts, was alles ist. alles für mich. ein leben lang.